Vente de CUZ

ARGENTERIE ANCIENNE & MODERNE

DIAMANTS, BIJOUX

TABLEAUX, MEUBLES ANCIENS

Bronzes et Objets d'Art

EXPOSITION GÉNÉRALE

Les 10 et 11 Novembre 1888, de midi à 5 h.

HOTEL DES COMMISSAIRES-PRISEURS

Rue de l'Hôpital, 6, Lyon.

Cette vente a lieu à la requête de MM^{es} Pondeveaux et Peillon, avoués, séquestres des successions de Cuzieu, nommés à ces fonctions par ordonnance de référé, en date du 3 février 1888, enregistrée.

Me MICHEL ROULLET	Me LAURENT GAZAGNE
COMMISSAIRE-PRISEUR	COMMISSAIRE-PRISEUR
6, Rue de l'Hôpital, 6.	6, Rue de l'Hôpital, 6.

1883

Vente de CUZIEU

ARGENTERIE ANCIENNE & MODERNE

DIAMANTS, BIJOUX

TABLEAUX, MEUBLES ANCIENS

Bronzes et Objets d'Art

EXPOSITION GÉNÉRALE

Les 10 et 11 Novembre 1888, de midi à 5 h.

HOTEL DES COMMISSAIRES-PRISEURS

Rue de l'Hôpital, 6, Lyon.

Cette vente a lieu à la requête de MM⁰ˢ Pondeveaux et Peillon, avoués, séquestres des successions de Cuzieu, nommés à ces fonctions par ordonnance de référé, en date du 3 février 1888, enregistrée.

Mᵉ Michel ROULLET	Mᵉ Laurent GAZAGNE
COMMISSAIRE-PRISEUR	COMMISSAIRE-PRISEUR
6, Rue de l'Hôpital, 6.	6, Rue de l'Hôpital, 6.

1888

CONDITIONS DE LA VENTE

La vente sera faite au comptant.

Les acquéreurs paieront cinq pour cent en sus des enchères applicables aux frais.

Les Expositions mettant le public à même de se rendre compte des objets mis en vente, il ne sera admis aucune réclamation une fois l'adjudication prononcée.

Le présent Catalogue se trouve à Lyon, au bureau des Commissaires-priseurs, rue de l'Hôpital, 6, et à Paris, au bureau du *Journal des Arts*, rue Le Peletier, 47.

ORDRE DE LA VENTE

LUNDI 12 novembre, argenterie ancienne et moderne, du numéro 1 à 60.

MARDI 13 novembre, continuation, argenterie, du numéro 61 à 121.

MERCREDI 14 novembre, à 2 heures, brillants et bijoux, du numéro 122 à 145.

MERCREDI 14 novembre, à 7 heures 1/2 du soir, tableaux, du numéro 205 à 215, puis meubles et objets d'art, etc., du numéro 146 à 166.

JEUDI 15 novembre, meubles et objets d'art, du numéro 167 à 204.

Exposition particulière chaque jour de vente, de 2 heures à 4 heures, des objets qui seront vendus le soir.

AVIS AUX AMATEURS

Les Objets d'Art, Tableaux, Argenterie, Bijoux, etc. etc., dépendant des successions de CUZIEU, que nous offrons au public, sans avoir le caractère d'une collection, présenteront néanmoins aux amateurs un sérieux intérêt.

Ils trouveront en effet, dans l'argenterie ancienne, des pièces très artistiques et notamment une paire de Candélabres Louis XV, absolument introuvables.

A remarquer aussi, de magnifiques Candélabres Louis XIV, des Chandeliers des époques Louis XIII, Louis XIV et Louis XV; une quantité de Plats Louis XV et Louis XVI, des Cafetières très gracieuses de forme, des Bougeoirs, etc., etc.

Parmi les Meubles, nous citerons un grand choix de Sièges Louis XV et Louis XVI, d'une grande finesse de sculpture, un Lit Louis XVI, avec ses tentures soie de l'époque, un très gracieux meuble Boule, trouvé au château de Saint-Lager, une superbe Statue de femme en marbre blanc, signée et datée PONCET, 1782, etc., etc.

Parmi les tableaux, deux surtout attireront l'attention des connaisseurs, ce sont des spécimens gracieux de cette École française du XVIIIe siècle si recherchée aujourd'hui, aussi nous comptons que ces toiles de LE MOYNE, seront vivement disputées aux enchères.

Nous avons encore à signaler les beaux Diamants de l'Inde, remarquables par la pureté de leur eau et la vivacité de leurs feux; une Émeraude d'une grosseur difficile à trouver, des Perles fines, des Pierres de couleur, etc., etc.

Nous recommandons au public, d'assister aux Expositions particulières qui auront lieu tous les jours, de 2 heures à 4 heures, sauf le mercredi 14 novembre, qui sera consacré à la vente des Diamants, et dont l'Exposition particulière sera ce jour, de 9 heures à 11 heures du matin.

CATALOGUE

ARGENTERIE ANCIENNE & MODERNE

1. **Quatre Bouts de table,** époque Louis XV (deux avec couvercles), pesant 483 grammes.
2. **Une Cafetière,** pesant 524 grammes.
3. **Une Cafetière,** pesant 750 grammes.
4. **Une Casserole,** marquée P. F., pesant 808 grammes.
5. **Deux petites Casseroles,** pesant 670 grammes.
6. **Un petit Légumier,** Louis XVI, avec son plateau, pesant 594 grammes.
7. **Deux Plats ovales,** Louis XVI, avec bordures, guillochées, pesant 1 kilogramme.
8. **Un Plat rond,** Louis XVI, pesant 1 kilog. 90 grammes.
10. **Un Plat rond,** Louis XVI, pesant 850 grammes.

11. **Un Plat rond**, Louis XVI, pesant 800 grammes.

12. **Un Plat rond**, Louis XVI, pesant 630 grammes.

13. **Un plat rond**, Louis XVI, pesant 660 grammes.

14. **Un Plat rond**, Louis XVI, pesant 700 grammes.

15. **Un Plat rond**, Louis XVI, pesant 695 grammes.

16. **Un Plat rond**, Louis XVI, pesant 595 grammes.

17. **Un Plat rond**, Louis XVI, pesant 580 grammes.

18. **Deux Plats ronds**, Louis XVI, pesant 800 grammes.

19. **Deux Plats longs**, Louis XV, avec armoiries, pesant 1 kilogramme 865 grammes.

20. **Un grand Plat rond**, Louis XV, avec armoiries, pesant 940 grammes.

21. **Deux Plats** Louis XV, avec armoiries, pesant 2 kilogrammes 700 grammes.

22. **Un Plat creux**, marqué M. G., pesant 780 grammes

23. **Un Légumier**, pesant 1 kilogramme 135 grammes.

24. **Quatre Bouts de table très fins**, forme bateau, époque Louis XVI, poids net, 368 grammes.

25. **Un grand Plat rond**, Louis XV, pesant 1 kilogramme 790 grammes.

26. **Un petit Plat ovale**, Louis XV, pesant 320 grammes.

27. **Un petit Plat rond**, Louis XV, pesant 460 grammes.

28. **Un grand Plat long**, Louis XVI, pesant 1 kilogramme 660 grammes.

29. **Huit Dessous de bouteilles**, Louis XV, avec leurs accessoires.

30. **Quatre Casseroles** de diverses grandeurs, pesant 1 kilogramme 870 grammes, plus un Manche bois et argent non pesé.

31. **Une Soupière**, pesant 1 kilogramme 35 grammes.

32. **Une Aiguière Renaissance**, avec son plateau, pesant 1 kilogramme 540 grammes.

33. **Un Plat long**, Louis XV, avec filets et armoiries, pesant 1 kilogramme 670 grammes.

34. **Une magnifique Paire de candélabres** à deux branches, au centre une tige de fleurs, le tout très richement ciselé, époque Louis XV, pesant 3 kilogrammes 490 grammes. Hauteur, 44 centimètres.

35. **Deux Candélabres, Louis XIV**, à 5 branches. pesant 7 kilogrammes 820 grammes. Hauteur, 65 centimètres.

36. **Un Sucrier**, époque **Directoire** et 12 cuillères à café, pesant 840 grammes.

37. **Une Cafetière moderne**, pesant 628 grammes.

38. **Un Pot à eau** forme Louis XV, moderne, pesant 520 grammes.

39. **Une Théière** moderne, pesant 373 grammes.

40. **Deux Flambeaux**, époque Louis XIV, pesant 1 kilogramme 470 grammes.

41. **Deux Flambeaux**, Louis XV pesant 840 grammes.

42. **Deux Flambeaux**, Louis XIII avec armoiries, pesant 1 kilogramme 84 grammes.

43. **Un Pot à lait**, manche bois, poids brut, 480 grammes.

44. **Une petite Lampe** à alcool pesant 245 grammes.

45. **Un petit Sucrier**, Louis XVI. pesant 520 grammes.

46. **Un Pot** à **lait**, pesant 220 grammes.

47. **Une Saucière**, Louis XV avec son plat de dessous, pesant 1 kilogramme 160 grammes.

48. **Un Bougeoir**, Louis XV avec son éteignoir, pesant 242 grammes.

49. **Une Saucière**, Louis XV, pesant 452 grammes.

50. **Un Saladier**, Empire, forme bateau, avec son couvercle, pesant 3 kilogrammes 65 grammes.

51. **Une Sonnette**, pesant 196 grammes.

52. **Deux Plats** creux, pesant 950 grammes.

53. Un très joli **Brûle-parfums, Louis XVI**, finement ciselé, pesant 685 grammes.

54. **Un Bougeoir**, Louis XIV et son éteignoir, pesant 180 grammes.

55. **Un Saladier** avec bordure à godrons, pesant 870 grammes.

56. **Une petite Tasse** avec sa sous-tasse, pesant 88 grammes.

57. **Un Bol** à **punch**, Louis XVI, pesant 542 grammes.

58. **Un Bol** à **punch**, pesant 290 grammes.

59. **Une Saucière**, Empire, avec son plateau, pesant 890 grammes.

60. **Une Soupière** marquée M. G., pesant 1 kilogramme 795 grammes.

61. **Deux Moutardiers**, époque **Directoire**, pesant 345 grammes.

62. **Un Légumier** à oreilles, époque Louis XV, pesant 750 grammes.

63. **Un Panier à fruits**, avec anse à guirlande fleurs et fruits, pesant 950 grammes.

64. **Un Légumier** (faisant pendant au nº 23), pesant 1 kilogramme 185 grammes.

65. **Quatre Salières**, époque Louis XV, pesant 580 grammes.

66. **Un Porte - huilier**, époque Empire, pesant 780 grammes.

67. **Un petit Légumier**, marqué L. F., pesant 418 grammes.

68. **Deux Porte-huiliers**, pesant 872 grammes.

69. **Un petit Pot** à lait, époque Louis XV, pesant 188 grammes.

70. **Une Tasse**, pesant 92 grammes.

71. **Une Tasse**, marquée M. L., pesant 120 grammes.

72. **Une Boîte argent**, avec armoiries, pesant 160 grammes.

73. **Une Boîte** à poudre, époque Louis XV, pesant 218 grammes.

74. **Une Tasse à vin**, pesant 88 grammes.

75. **Une Tabatière**, pesant 45 grammes.

76. **Un Hochet**, pesant 110 grammes.

77. **Une Boîte**, pesant 118 grammes.

78. Deux Passoires à sucre, avec armoiries, pesant 223 grammes.

79. Une Spatule, pesant 90 grammes.

80. Trois Truelles à poisson, lames argent, poids brut : 355 grammes.

81. Un Service vermeil, composé de dix-huit couverts marqués P. F., plus huit petites Cuillères hors-d'œuvre, pesant 1 kilogramme 960 grammes.

82. Dix-huit Couteaux, lame et manche argent.

83. Douze Cuillères à café et une Pince à sucre vermeil, pesant 362 grammes.

84. Dix-huit Couteaux pointus, manche et lame argent doré.

85. Six Brochettes, pesant 112 grammes.

86. Un Couvert marqué G. D., pesant 190 grammes.

87. Douze Cuillères à café, marqué P. F., pesant 430 grammes.

88. Huit Cuillères à café, avec armoiries, pesant 245 grammes.

89. Deux Fourchettes et une Cuillère à ragoût, pesant 540 grammes.

90. Un Pochon, marqué P. F., pesant 300 grammes.

91. Deux Cuillères à ragoût, marquées P. F., pesant 365 grammes.

92. Douze Cuillères à café vermeil, marquées L. G., pesant 295 grammes.

93. Un couvert de pension, marqué L. G., pesant 100 grammes.

94. Vingt-trois Couverts, marqués P. F., pesant 4 kilogrammes 200 grammes.

95. Six Couverts à filets, pesant 1 kilogrammes 45 grammes.

96. Dix-huit Couverts, plus une Cuillère, marqués P. F., pesant 3 kilogrammes 125 grammes.

97. Deux Cuillères à ragoût, marquées d'une ancre, pesant 185 grammes.

98. Six Couteaux, dont un sans manche, deux autres et un service à découper en mauvais état.

99. Quatre petits Couverts, pesant 600 grammes.

100. Un Pochon, pesant 240 grammes.

101. Un Couvert vermeil, pesant 75 grammes.

102. Un petit Couvert marqué L. F., pesant 80 grammes.

103. Une Cuillère à café, pesant 18 grammes.

104. Un Couvert marqué L. F., pesant 175 grammes.

105. Un Couvert, pesant 160 grammes.

106. Une Fourchette marquée Victorine de Cuzieu, pesant 38 grammes.

107. Six Coquetiers marquées M. G., pesant 285 grammes.

108. Douze Coquetiers, pesant 550 grammes.

109. Deux cafetières, pesant 510 grammes, poids brut.

110. **Un petit Plat rond,** Louis XVI, marqué L. F., pesant 207 grammes.

111. Un Dessous de bouteille, Louis XVI, pesant 97 gram.

112. **Un Légumier,** Louis XVI, avec son plateau, pesant 520 grammes.

113. Un petit sucrier marqué M. G., pesant 170 grammes.

114. Un Dessous de plat, une Spatule et une Passoire, pesant 60 grammes.

115. Une petite Cafetière, pesant 245 grammes.

116. Un Flacon à fleur d'oranger, pesant 63 grammes.

117. 46 Jetons de l'Académie de Lyon, année 1782, pesant 437 grammes.

118. 36 Jetons de la Société du Tir de Lyon, pesant 300 grammes.

119. 33 Jetons de la Chambre des Notaires de 1815, pesant 275 grammes.

120. Une Timbale marquée L. F., pesant 75 grammes.

121. Une Timbale marqué Victorine de Cuzieu, pesant 60 grammes.

BIJOUX ET BRILLANTS

122. **Une Bague** solitaire, pesant 3 carats environ.

123. **Une Bague** marquise, pesant 2 carats.

124. **Une Bague** solitaire pesant 3 grains.

125. **Une Bague** composée de cinq brillants de 2 carats 1/2 environ.

126. **Une Bague** brillants de 2 carats 1/2 environ.

127. **Une Bague** composée de cinq brillants de 1 carat 1/2 environ.

128. **Une Bague** marquise de 1 carat environ.

129. **Une Épingle** brillants et roses de 3 grains environ.

130. **Une Bague** composée de cinq brillants de 1 carat 1/2.

131. **Deux Boucles à pendeloques** brillants composées de deux boutons et de dix-huit pierres aux pendeloques, pesant 8 carats environ.

132. **Deux Boucles, une Bague**, un bouton jumelle rubis et entourage brillants, pesant 5 carats environ.

133. **Un Coulant** avec roses, pesant un carat 1/2 environ.

134. **Deux Boucles à cinq pendeloques** composées de trois pierres chacune, pesant 8 carats environ.

135. Une Broche entourage brillants, pesant 4 carats environ, au centre, **une belle Émeraude**, pesant 12 carats environ, avec pendeloques perles fines plus une épingle enchaînée avec brillants, pesant 3 grains environ.

136. Un Bracelet or, chiffres brillants, pesant 1 carat environ.

137. Deux Boucles brillants marguerites, pesant 2 carats environ.

138. Un Chapelet or garni pierres et brillants.

139. Parure corail composée de trois broches, représentant des têtes d'anges, quatre colliers, deux boucles d'oreilles, deux broches, une croix, deux agrafes, le tout corail.

140. Série de **Bracelets** divers or, chaînes, camées, broches, cachets et châtelaines or ; ce lot sera divisé et les poids seront annoncés au moment de la vente.

141. Parures composées de boucles, or, topaze et perles fines. Croix topaze et tour de cou or. Ce lot sera divisé.

142. Parure composée de deux bracelets, une Boucle de ceinture en filigrane d'or et perles fines de trois brillants au centre, pesant 7 carats environ.

143. Collier perles fines, une croix, brillants, composé de onze pierres principales pesant environ dix carats.

144. Peigne diadème brillants, composé de quinze grosses pierres plus une série de petits brillants pesant ensemble 22 carats environ.

145. Un Etui or ciselé, époque Louis XVI.
 Boîte à mouche or guilloché, époque Louis XVI.
 Une Boîte à mouche nacre et argent.
 Une Bonbonnière écaille cerclé or.
 Ce lot sera divisé.

145 *bis.* Une série de **Pièces d'or**, à l'effigie de Louis XV et Louis XVI, à fleurs de coin.

MEUBLES, PENDULES BRONZE ET OBJETS D'ART

146. Table de jeu Louis XIV, sculpté sur les côtés et les pieds.

147. Table de jeu Louis XIV, pieds cannelés, garniture cuivre.

148. Table acajou à deux tiroirs.

149. Table, Louis XVI, à ouvrage, bois palissandre, dessus de marbre et galerie cuivre doré.

150. Table de jeu Louis XV.

151. Table de lecture, acajou, Directoire.

152. Table Toilette, acajou, trois tiroirs, filets cuivre, *époque Empire.*

153. Petite Chiffonnière, Louis XVI, ovale, bois acajou, à trois tiroirs, dessus de marbre blanc, galerie et filets cuivre.

154. Secrétaire à battants, quatre tiroirs, garniture filets cuivre.

155. Secrétaire Louis XVI, à deux portes, un tiroir bois marqueté.

156. Vitrine à deux portes, bois marqueté.

157. Commode, bois noyer, à trois tiroirs, bois sculpté, garniture cuivre, incomplète, Louis XIV.

158. **Belle Commode, Régence,** bois palissandre, à trois tiroirs, garniture bronze doré, dessus de marbre rouge Suisse.

159. Commode, Louis XVI, bois acajou, à cinq tiroirs, filets et poignées cuivre, dessus de marbre gris.

160. Commode, Louis XVI, bois acajou, trois tiroirs, poignées cuivre, dessus de marbre blanc.

161. Commode Louis XVI, bois acajou à trois tiroirs, garniture cuivre, dessus de marbre blanc.

162. Console, bois acajou, avec étagère, garnie d'une glace galerie et filets cuivre, Empire.

163. Grande et belle Console, Louis XIV, bois sculpté et doré, dessus de marbre rouge Suisse.

164. Grande Console, Louis XVI, bois sculpté et doré avec guirlandes de lauriers, dessus en bois.

165. Petite Console, Louis XVI, bois sculpté, vernis et doré, dessus en bois.

166. Deux Chandeliers bronze, Empire.

167. **Deux Appliques,** Louis XVI, à deux lumières, cuivre doré.

168. Deux Appliques à deux lumières, bronze doré Directoire.
Les deux lumières représentent deux cors de chasse suspendus par un nœud de rubans.

169. Pendule, Empire, marbre noir à quatre colonnes cannelées, garnitures bronze doré. Signé : Piolaine à Paris.

170. Deux Chevaux bronze, époque Empire.

171. **Terre cuite**, jeune enfant tenant un chien.

172. **Très belle Statue en marbre blanc: Vénus, appuyée sur un nuage, à ses pieds deux colombes se becquètent, manque l'index de la main gauche et une colombe a l'aile cassée.**
Haut. 1 m., 15 cent. ; signée et datée à Rome, par F. M. Poncet, 1782.

173. **Beau Bahut de Boule avec de très belles incrustations cuivre, ornements et personnages ; une porte casier à l'intérieur.**
Haut. 1 m., 12 cent.; larg., 0 m., 70 cent.

174. Magnifique Écran, Louis XIV, bois noyer finement sculpté, garni d'une broderie au petit point, personnage et animaux.

175. Quatre très beaux Fauteuils, Louis XVI, bois noyer finement sculpté, à perles et guillochés, recouverts en broderies, bouquets de fleurs, en très bon état.

176. Un Canapé, dix Fauteuils Louis XVI, vernis blanc, recouverts en soie façonnée avec sujets, en bon état.

177. Six Chaises Louis XVI, vernies blanc, forme lyre, pieds et montants cannelés.

178. Deux Fauteuils Louis XVI, dossiers ovales, recouverts en soie jaune.

179. Un Canapé, Louis XIV, finement sculpté, le dossier seulement recouvert en broderie.

180. Fauteuil, Louis XIV, bois sculpté, recouvert en broderie.

181. Quatre Fauteuils, Louis XIV, bois noyer sculpté, recouverts en broderie feuillages et animaux.

182. Cinq Fauteuils, Louis XIV, à dossiers ronds, garnis et non recouverts.

183. **Six Fauteuils** Louis XIV, bois noyer sculpté, recouverts en broderie, avec personnages et animaux.

184. Six Fauteuils et six chaises, Louis XIV, bois noyer
sculpté, recouverts en broderies, dont une partie au petit
point, représentant des feuillages et fleurs.

185. Onze Chaises, Louis XIV, bois noyer sculpté, sièges et
dossiers cannés.

186. Quatre Fauteuils, Empire, recouverts en broderie.

187. Huit Fauteuils, Empire, bois noyer, recouverts en soie
rouge.

188. Deux Chaises, Empire, bois acajou, recouvertes en
broderie soie.

189. Deux Tabourets, Empire, forme X, recouverts en broderie à sujets, avec franges.

190. Tabourets de pieds avec coussins, Empire.

191. Trois Pieds, bois acajou, surmontés d'une coupe
bronze, Empire.

192. Paravent à six feuilles, garniture toile peinte.

193. Deux Chaises, bois noyer sculpté, recouvertes en broderies avec fleurs et feuillages.

194. Petit Canapé, Louis XVI.

195. Un beau Lit, Empire, bois noyer, garniture cuivre doré
et bronze, bateau avec ornements : lions accroupis et
têtes de lions servant de poignée, avec ses rideaux de
l'époque.

196. Lit, Empire, bois noyer, à colonnes et encadrement
avec ses rideaux.

197. Lit, Louis XVI, vernis blanc, à colonnes, et ciel de lit,
bois sculpté avec ses rideaux, soie de l'époque.

198. **Très beau Lit, Louis XVI, dit Marie-Antoi-
nette, finement sculpté, couronnement et ciel
de lit en très bon état, avec ses rideaux en
soie de l'époque.**

199. Lit de repos, Empire, bois acajou, recouvert en étoffe soie bleue et bordure noire façonnée, deux carrés et deux coussins même étoffe.

200. Quatre belles Garnitures de lits en soie façonnée et laine, rideaux et baldaquins ; ce lot sera divisé.

201. Chaise basse.

202. Un fauteuil, percé, Louis XIV, siège et dossier cannés.

203. Bidet, Louis XVI, bois noyer, sculpté et canné.

204. Armoire, bois noyer plaqué, loupe à deux portes, cinq tiroirs.

TABLEAUX

205. Grand tableau allégorique, nombreux personnages.
Toile, cadre doré. Haut. 1,16 : larg. 1,50.

206. **Ecole française.** Personnages et paysages sur le bord d'une rivière.
Toile, cadre doré. Haut. 0,16 ; larg. 0,20.

207. **Parrocel** Joseph (1646-1704). Combat de cavalerie.
Toile qui a un peu souffert.
Toile. Haut. 0,80; larg. 1,16.

208. **Parrocel** Joseph (1646-1704). Combat de cavalerie.
Fait pendant au précédent.
Toile, cadre doré. Haut. 0,78; larg. 1,15.

209. **Parrocel** Joseph (1646-1704). Combat de Cavalerie.
Toile, cadre doré. Haut. 0,78; larg. 1,15.

210. **Le Moyne** François (1688-1737). La Toilette de Diane.
Diane, assise au pied d'un arbre, est entourée de ses nymphes qui vont procéder aux ajustements de la toilette.
Toile, cadre doré. Haut. 0,70; larg. 0,88.

211. **Le Moyne** François (1688-1737). Nymphe poursui-
vie par un faune. Pendant du précédent.

Toile. Haut. 0,70; larg. 0,88.

Ces deux très intéressants tableaux, qui étaient couverts de
chancis ont dû être nettoyés. Ils sont dans un parfait état et
tout à fait remarquables par la finesse du dessin et la richesse
du coloris.

212. **Lancret** Nicolas (1690-1743). Beau portrait. Personnage de la comédie italienne. Vigoureux coloris.

Toile, cadre bois sculpté et doré. Haut. 0,39; larg. 0,30.

213. **Millet** ou **Milé** dit Francisque (1644-1680). Beau
paysage dans la manière du Poussin avec personnages et
animaux.

Toile, cadre doré. Haut. 0,70; larg. 0,95.

214. **Millet** ou **Milé** dit Francisque (1644-1680). Paysage
avec cascade. Pendant du précédent.

Ces deux tableaux sont parfaitement originaux et en bonne
conservation.

Toile, cadre doré. Haut. 0,70 ; larg. 0,95.

215. Beau fronton de glace, bois sculpté et doré.

Lyon. — Impr. P. Mougin-Rusand, rue Stella, 3.